Gerhard Kemme

GALAKTOPOL

Geschichten

Kemme, Gerhard
Galaktopol: Fly der neue Stoff
Herstellung und Verlag: BoD - Books on Demand
Norderstedt 2014
ISBN-13: 9783732299577

Originalausgabe
© 1. Auflage, Herstellung und Verlag:
BoD - Books on Demand,
Norderstedt 2014
Alle Rechte vorbehalten

Inhaltsverzeichnis:

Zu diesem Buch 4
Galaktopol:
Fly – Der neue Stoff 4
  Überraschung zur Mittagszeit 4
  Die Kyberaner kommen 9
  Bei den Kyberanern 11
  Reise zum Sonnensystem KOI-351 15
  Beobachtungen und verdeckte Ermittlungen 17
  Begegnung mit der Raumflotte der Kyberaner 23
  In der Redaktion 28
Kaleidoskop des Lebens 29
Soviel du brauchst 47
Anmerkungen 55

Zu diesem Buch

Dieses Buch enthält drei Geschichten. Alle Geschehnisse, Personen und Orte sind frei erfunden. Hin und wieder werden Erläuterungen als Anmerkungen am Schluss des Buches in der Form (1) gegeben.

GALAKTOPOL: (1)

FLY - DER NEUE STOFF

Überraschung zur Mittagszeit

Ein grüner Park befand sich unter der riesigen Glaskuppel von Ringstadt, einer großen Verwaltungsstadt auf dem Saturnmond Titan. Die gigantischen Verwaltungszentralen machten sich aus der Ferne mit ihren Neon-Reklamen bekannt. Über allem mit riesigen Buchstaben: „Galaktopol", das Polizeihauptquartier einer gewachsenen

Menschheit. Diese Bewohner des Weltraums besiedelten nunmehr tausend Planeten der Milchstraße und benötigten dort eine Instanz, welche fähig war Recht und Ordnung durchzusetzen. Nicht weit von der Grünanlage entfernt, befanden sich Büros und Lagerhallen von Titan-Cargo, einer Spedition mit Frachtzentren auf fast allen Planeten der Milchstraße. Wer nichts in der Mittagszeit zu tun hatte, konnte beobachten wie fern aus den Weiten des Universums Raumtransporter mit Bremsschub auf dem Weltraumflughafen einschwebten und landeten. Danach wurde die Ladung durch einen unterirdischen Tunnel zur Spedition Titan-Cargo transportiert. Einige hundert Meter entfernt befand sich das Krankenhaus, zu dem der Park mit seinen blühenden Tulpen gehörte, der seit einiger Zeit sogar von einer künstlichen Sonne erwärmt und beleuchtet wurde. Und die Bevölkerung von Ringstadt? Man sah Menschengruppen in ihrer Pause – vielleicht auch während eines allgemeinen Müßiggangs im Leben – über das gesamte Grün verteilt in Gruppen auf dem Rasen sitzen und liegen. In der Nähe einiger Rohranlagen saß ein Mann in Jeans mit nachlässig zugeknöpftem knallbuntem Hemd auf dessen Knien in trauter Eintracht eine jüngere Dame und der einzige Puma von Ringstadt schlummerten. Wer etwas Einblick in das Who is Who von Ringstadt hatte, konnte unschwer erkennen, dass es Peter Henninghaus war, der Zeit seines Lebens nichts anderes getan hatte, als bei der Behörde Galaktopol zu arbeiten. Im Laufe der Zeit hatte er dort auch Karriere gemacht und sich bis zum Rang eines Polizei-Obersts hochgearbeitet. Nun war einfach Pause und dies bedeutete, dass man in der Szene des Parks etwas herumhängen und rauchen konnte. Sein Anhängsel war momentan die Reporterin vom DAILY SATURN Silva Wittig, die eine neue Story brauchte, doch in den Pressenachrichten von Galaktopol nichts gefunden hatte. Der Puma mit dem Namen Einstein lungerte ständig im Park herum, jemand muss ihn bei einem interstellaren Raumflug übersehen haben, so dass er aus einem Container springen und in der Grünanlage ein neues Leben beginnen konnte. Puma Einstein spitzte die Ohren, denn ein leises Sirren erfüllte die Luft, man konnte erkennen, dass von Titan-Cargo Schwärme von Transport-Drohnen aufstiegen, die kleinere Pakete an Firmen und Privatpersonen auslieferten. Eine solche Paket-Drohne mit vier Propellern verließ ihren Schwarm und fing an über der Parkanlage nach dem Adressaten zu suchen. Sie blieb über Henninghaus stehen und fragte mit piepsiger Stimme, ob er einen Herrn Speedy kennen würde, das Paket wäre für diesen bestimmt. Henninghaus sah sich um und erblickte Speedy, der noch in einem Rauschzustand war und mit geschlossenen Augen auf dem Rasen kauerte. „Ja, gib her, ich gebe es ihm", erklärte Henninghaus und die Drohne stellte ein Päckchen hin und schwirrte ab. Jetzt gab es doch noch Betrieb im Park, denn ein Taxi schwebte entlang der Magnet-Fahrbahn heran, während aus dem hinteren Fenster des Fahrzeugs ein maskuliner Typ winkte und etwas zu Henninghaus hinüber rief: „Alter, gib Kohle, einen Fuffi – kannst ihn dir von Speedy wiederholen!" Schweren Herzens wurde bezahlt und das Taxi schwebte von dannen. Jetzt allerdings kam Bewegung in die Szene, man hätte doch ganz gern gewusst, was im Paket drin sei. Speedy war, nachdem ein anderer die lästigen Zahlungsformalitäten erledigt hatte, wieder obenauf und ratschte das Packpapier mit einem Fingernagel auf. Der Inhalt lies Silva durch ihre spitz geformten Lippen pfeifen. Vier seltsam geformte Flaschen mit der Aufschrift FLY lagen ohne

Begleitzettel in der Pappschachtel. Silva flüsterte Henninghaus ins Ohr: „Das ist ein Energietrunk der härtesten Sorte, damit kannst du fliegen, wirst allerdings auch unwiderruflich süchtig!" „Oh Gott, und das hab ich auch noch bezahlt!" Die Gang hatte lange genug gewartet, jetzt ging der Rausch ab und die Flaschen, welche wie Phiolen aus Goethes Faust geformt waren, wurden in einem Zuge geleert. Ein Wirbel ohne gleichen entstand, Speedy und seine Jungs kreiselten, ließen sich wuchtig fallen und schwebten dann nach Anlauf plötzlich rotierend in der Luft. Langsam stiegen sie immer höher bis der obere Rand der Glaskuppel erreicht war, dann mit geilem Sturzflug-Geräusch landeten sie wieder auf dem Rasen und ließen nur noch ein „Alte, mach das mal nach!" hören, bevor sie tief atmend auf vier Bänken liegend noch einmal den Genuss dieses Trips auskosteten. Ein VE (Verdeckter Ermittler) von Galaktopol, zu dessen Sektor die Grünanlage gehörte, machte das Zeichen „Bitte in der Zentrale melden." und die Reporterin und der Galaktopol-Offizier betraten die lichtdurchflutete Halle, die allerdings eher wie die Eingangshalle einer Universität aussah, da jüngere Beamte Plakate aufgehängt hatten und

mit Zetteln in den Ablagefächer für neue
Workshops warben.

Die Kyberaner kommen

Mit dem Gedankenstrahl „ON" schalteten
Silva und Peter ihre Chips ein, welche vor
einigen Monaten in den Schädel eingepflanzt
worden waren, und wodurch eine zweite
Denk- und Handlungs- und Informationsebene
verfügbar war. Vor diesen inneren Augen
leuchtete es rot, denn sie sollten sofort zu
einem Vortrag und einer Besprechung ins
Lagezentrum kommen. Der Saal war gefüllt
und Henninghaus nickte einigen Vorgesetzten
im Generalsrang zu, die zusammen mit
Politikern und Wissenschaftlern
Mineralwasser tranken. Selbst der
Kommandeur einer Fernspäh-Hundertschaft
von Galaktopol war anwesend, während der
diensthabende Kommandeur des
Lagezentrums den Vortrag mit einem
Videofilm eröffnete. Zu sehen war der
Nachthimmel am Rande der Galaxie
Milchstraße. Plötzlich sah man von oben einen
blinkenden Lichtpunkt kommen, der sich dem
Rand der Galaxie näherte und nicht weit vom
eigenen Sonnensystem verschwand. Ein

anwesender Astronom erzählte, wie die Aufnahmen entstanden seien. Eine Beobachtungssonde am Rande der eigenen Galaxie Milchstraße habe mit ihrem Teleskop die Annäherung des blinkenden hellen Objektes gefilmt, danach seien die Aufnahmen per Nachrichtenrakete mit Höchstgeschwindigkeit zu Galaktopol auf dem Saturnmond Titan gebracht worden. Es stellte sich die Frage, was das Ganze zu bedeuten hätte? Man beschloss, das Gesehene zu analysieren: Das Aufblinken schien heller als ein Raketenstrahl zu sein. Die Linie der blinkenden Punkte näherte sich mit extremer Geschwindigkeit. Die Versammlung kam erstmal zu dem Resultat, dass der Vorgang mit dem menschlichen Verstand kaum zu deuten wäre. Es wurde eine computergestützte Analyse angestrebt, um das komplexe Problem zu lösen. Einige Milliarden Rechenoperationen später konnten die Teilnehmer das Resultat auf der Leinwand sehen: „Eine außergalaktische Gattung hochintelligenter Lebewesen nähert sich mit sehr hoher Geschwindigkeit einem Sektor der Milchstraße, in welchem sich auch das eigene Sonnensystem befindet und ist dort entweder auf einem Planeten gelandet oder hat den leuchtend blinkenden Antrieb ausgeschaltet. Bei dem Antrieb handelt es sich vermutlich um ein Impulstriebwerk, bei welchem nukleare Detonationen in Zeitabständen ausgelöst werden. Die Reise dieser außergalaktischen Wesen endet vermutlich im Sonnensystem KOI-351 und auf dem dort sonnenfernsten Planeten, der den Namen Kolibri hat. Dieser Planet ist von Menschen bewohnt, doch sind die Konflikte mit der Zentralverwaltung der Galaxie Milchstraße so groß, dass es beinahe zu einem Abbruch der Beziehungen gekommen wäre. Eine Reise dorthin und ein Aufenthalt auf Kolibri sind nur sehr eingeschränkt möglich." Das waren die Fakten. Die Versammlung kam übereinstimmend zu der Entscheidung, dass eine Mission zum Sonnensystem KOI-351 entsandt werden sollte, die unter Leitung der für solche Einsätze ausgebildeten Fernspähern von Galaktopol durchgeführt werden sollte.

Bei den Kyberanern

Unendliche Weiten des Universums lagen zwischen dem Saturnmond Titan mit seiner Galaktopol-Zentrale in Ringstadt und der Ansammlung schwarzer Riesenkästen mit Kantenlängen von hundert Kilometern, die wie

Bauklötze aussahen und sich wie Module für Versorgungsvorgänge miteinander verbinden konnten. Fast die Hälfte eines solchen Superraumschiffes bestand aus einem intelligenten Material, in welchem flink Datenverarbeitungsvorgänge ablaufen konnten. Herkömmliche Techniker der Gattung Mensch hätten als Hardware solcher Computer einfach Atome und sonstige Nukleonen ausgemacht. Zumindest lief in solchen Anlagen alles auf atomarer Ebene ab. Wie es von Festplatten oder elektronischen Speichern gewohnt ist, untergliederte sich solche Hardware in Partitionen, d.h. es gab eine Vielzahl von Sektoren oder Bereichen in einer solcher EDV des Raumschiffes. Ein menschlicher Betrachter wäre allerdings ziemlich überrascht gewesen, wenn er wahrgenommen hätte, dass jeder Bereich solcher Anlage eine Person darstellen würde, wobei sich alle „Personen" dieser Raumflotte dann als das Volk der Kyberaner bezeichneten. Da auf jedem Raumschiff in Länge, Breite und Höhe jeweils fünfundzwanzig Partitionen oder auch Bereiche lagen, war es möglich jede Person mit drei Buchstaben des Alphabets zu bezeichnen, so dass der erste Kyberanerer „AAA" und der letzte „ZZZ" hieß. Bei KQH vibrierte ein leichtes Wecksignal und der Bootvorgang begann. Als Dingwelt materialisierte er sich eine gehobene Suite und bestellte eine frische Ausgabe des Journals DAILY KYBERA, welches ihm von einer gut gebauten Stewardess gereicht wurde. Die neuesten Meldungen waren weder gut noch schlecht, denn der Verkauf des Stoffes FLY auf den bewohnten Planeten und Monden der Galaxie Milchstraße war gut voran gekommen, doch die Abwehrkräfte der dort lebenden menschlichen Population hatten anscheinend etwas gemerkt und fingen mit lästigen Kontrollen an. Der Termin für die Aberntung der menschlichen, tierischen und pflanzlichen Biomasse sollte aber weiter beibehalten werden. Allerdings blieb die Bedingung, dass die Ernte erst nach Handlungsunfähigkeit der Abwehrkräfte beginnen sollte. Der Kommandant eines Versorgungsschiffes bemängelte im Interview, dass die Tanks bei ihrem Meldebestand angelangt wären und er doch vorschlagen würde, mit der Ernte nicht mehr länger zu zögern und sofort konsequent abzuernten. Erfreulich war die Entwicklung im Sonnensystem KOI-351, wo auf dem Planeten Kolibri der Stoff „FLY" hergestellt und an alle Planeten der Milchstraße versandt wurde. Dort gab es eine gute Kollaboration der Menschen mit den Kyberanern, so dass Hoffnung bestünde, dass es auch in anderen galaktischen Regionen so weiter gehen könnte. Allerdings sollte nunmehr ein weiterer Kontinent des Planeten Kolibri besetzt werden – dafür sollte ein neues Expeditionskorps zusammengestellt werden, für welches Freiwillige gesucht würden. Der Kyberaner KQH überlegte nunmehr, ob er sich an einem solchen Abenteuer beteiligen sollte. Nun gut, er konnte nicht endlos das bequeme Leben eines Cyberwesens führen und entschied, sich den Eroberern anzuschließen. Er schloss seine Kabine im Cyberspace ab und ging runter in die Maschinenhalle, wo der zentrale 3-D-Materiedrucker stand. Aus einer riesigen Zahl von Flüssigkeitsbehältern gespeist, ratterte dort eine Allzweckfabrik, die beliebige Maschinen und Dinge einfach Schicht für Schicht zu „drucken" vermochte. Im Moment lief eine Serie, bei der Panzer für das Expeditionskorps zum Sonnensystem KOI-351 gedruckt wurden. KQH fragte einen der Bediener, in welche Körper die Kyberaner schlüpfen sollten. Ein kurzer Blick in die Unterlagen der Arbeitsvorbereitung ergab, dass die Kyberaner als überdimensionale Hühner auf dem Planeten Kolibri landen sollten, da auch die bereits dort befindlichen Besatzungstruppen solche Materialisierungen gewählt hätten. Ein Panzer nach dem anderen rollte aus der Halle und wurde in ein Raumschiff für hohe Geschwindigkeiten verladen. Jetzt ging das los mit der Herstellung der riesigen künstlichen Hühner, die zuerst ziemlich starr nur mit ihrer Grundprogrammierung umhergingen, bis dann ein Kyberaner nach dem anderen sich als Datenstrom einklinkte und zu seinem Panzer lief. Das Gefühl nun wieder in einem Körper zu sein war spannend, gab es doch gleich Aufgaben zu erledigen und die Bedienungsanleitungen von Laserkanone und Kettenantrieb zu studieren. Die Raketen des Expeditionskorps entfernten sich schnell von der Raumflotte der Kyberaner.

Reise zum Sonnensystem KOI-351

Auch vom Saturnmond Titan startete eine Mission zum Planeten Kolibri des Sonnensystems KOI-351. Eine lange Reihe kleiner offener Wagen mit den Beamten der Fernspäh-Hundertschaft von Galaktopol verließ durch einen Tunnel den Kuppelbau von

Ringstadt und erreichte so den Weltraumflughafen. Auf einem Wagen saßen Peter Henninghaus und Silva Wittig, die selber in Augenschein nehmen wollten, was dort auf dem Planeten Kolibri los war. Die Grundlage der Besiedelung der Galaxie Milchstraße durch die Menschen beruhte auf zwei Erfindungen: Einem Antrieb der wochenlange Beschleunigungen möglich machte, so dass das Sonnensystem KOI-351 mit nur zwei Auftankungen erreicht werden konnte. Die Auftankungen fanden bereits im Raum für hohe Geschwindigkeiten statt. Die so positionierten Tankraumschiffe blieben ständig auf solcher Geschwindigkeitsstufe. Die zweite Erfindung ermöglichte es, dass auch biologische Wesen wie Menschen und Tiere die Beschleunigungen aushielten. Der Passagierbereich der neuen Raumschiffe wurde durch Gravitations-Magnete hinterher gezogen. So fand die Geschwindigkeitszunahme für alle Körperteile und Einrichtungsgegenstände gleichzeitig statt. Die BON VOYAGE sollte ihre Passagiere zu dem unsicher gewordenen Planeten befördern. Die Reise lief entspannt und Henninghaus sowie der Führer der Hundertschaft, Kalle Kulander, verbrachten die Zeit damit, zu erklären, wie die Raumfahrttechnik mit Beschleunigung, Tankstopps und Gravitationskopplung der Fahrgastkabinen funktionierte. Silva machte sich Aufzeichnungen, um dies eventuell nach Rückkehr auch ihren Leser beizubringen. Aufgrund der hohen eigenen Geschwindigkeit seltsam verzerrt, kam dann die Sonne KOI-351 in Sichtweite und der Bremsvorgang wurde eingeleitet. Der Planet Kolibri war ziemlich groß und hatte eine Lufthülle, wie sie vom Planeten Erde bekannt war. Da es sich um eine geheime Aktion handeln sollte, entschied man sich für eine Landung mit Fallschirmen. Auf dem Rückflug sollten sie dann ohne Gepäck per Helikopter zur BON VOYAGE gebracht werden. Die Nacht war ziemlich düster als sie auf einem bereits abgeernteten Feld aufsetzten und sich bei den Transportfahrzeugen sammelten. Kalle Kulander navigierte per Landkarte und wies seine Leute an, truppweise am Waldrand einer Hügelkette Beobachtungsposten zu beziehen.

Beobachtungen und verdeckte Ermittlungen

Die Beobachtungsstände wurden noch in der

Nacht mit einer kleinen Erdbearbeitungsmaschine ausgehoben und dann so getarnt, dass nur noch die Linsen der Ferngläser herausguckten. Die Sonne schob sich langsam über den Horizont und gab den Blick auf eine ferne Produktionsanlage frei, die aus einer Vielzahl von Behältnissen an der Oberfläche bestand, die ständig von Lastkraftwagen mit irgendwelchen Produkten befüllt wurden. Von allen Richtungen beförderten solche LKWs Güter zur Fabrik und verschwanden dann wieder leer hinter dem Horizont. „Sag' mal Kalle, wird da FLY hergestellt oder was machen die da?" „Mich interessiert eigentlich mehr, wer dort tätig ist." „Sehen aus wie Menschen, wie du und ich – oder?" „Die Fahrer sind eindeutig Menschen." Ein Melder kam und brachte die Nachricht, dass zwischen den Behältnissen übergroße Hühner herumlaufen würden. Jetzt konnte auch Silva diese Figuren erkennen: Es gab da tatsächlich Hühner, die etwa zwei Meter groß waren und meistens in schnellem Lauf von einem Tunneleingang zum anderen liefen oder auch über kurze Entfernungen ihre Flügel benutzten und in niedriger Höhe umher flogen. „Es handelt sich um eine überwiegend unterirdische Produktionsanlage, welche

anscheinend von Menschen bedient und beladen wird. Hin und wieder sind Hühner zu entdecken, die etwa zwei Meter groß sind und mit den Menschen zusammenarbeiten."
Henninghaus überlegte: „Was würde passieren, wenn sich eine Gruppe von Galaktopol-Beamten in Zivil einfach unter die Bediener der Fabrikanlage mischt und einen Blick in den offenen Tunneleingang werfen würde?"
„Wir werden es riskieren müssen."
Glücklicherweise bedeckten Buschwerk und ein System von Gräben das Gelände zwischen dem Stützpunkt der Beobachter und der Fabrikanlage. Henninghaus und Kalle Kulander machten sich auf den Weg und schlichen bis zum Ortsrand, schlenderten dann mit nassen Schuhen entlang einer Teerstraße auf den Eingang eines Tunnels zu. Einige Arbeiter gingen an ihnen vorbei und befahlen, dass die Straße geräumt werden müsste, weil Fahrzeuge kämen. Jetzt hörte man ein Rasseln und Dröhnen und es waren einige Panzer zu erkennen, aus denen jeweils zwei Hühner als Fahrer und Kommandant guckten.
Henninghaus fotografierte heimlich aus dem Ärmel, während die Fahrzeuge auf einem Parkplatz abgestellt wurden, wo sonst die Trecker mit Anhängern und die

Lastkraftwagen warteten, bis sie ihre Fracht in die Behältnisse abladen konnten, die durch Rohre mit den unterirdischen Produktionsanlagen verbunden waren. Die Hühner liefen herum und verzehrten ein unbekanntes Nahrungsmittel. Der kleine Trupp hatte nun die Einfahrt zu den unterirdischen Produktionshallen erreicht. Niemand sprach sie an, keiner fragte – auch die Arbeiter untereinander sprachen wenig. Wenn einige Wortfetzen zu vernehmen waren, dann wurde klar, dass in unterschiedlichen Dialekten die Einheitssprache Esperanto gesprochen wurde. Jemand fragte, ob sie neu wären. Als Henninghaus bejahte, wurden sie zu einer Schicht direkt an der Hauptmaschine eingeteilt. Per Fahrstuhl gelangten sie in eine kilometerweite Halle, in der eine riesige stinkende und lärmende Maschine mit Millionen von mechanischen Einzelteilen etwas produzierte. Die Zutaten zu dem neu entstehenden Werkstück kamen aus den zahlreichen Rohrleitungen, die oberirdisch anscheinend mit Rohstoffen gefüttert wurden. Erst langsam verstanden Kalle Kulander und Henninghaus den Sinn und Zweck der Produktionsanlage: Auf der einen Seite wurden Glasflaschen produziert – allerdings nicht per Glasbläserei aus einer erhitzten Substanz, sondern durch schichtenweises Auftragen von Glasschichten, so dass Ringe aus Glas übereinander gestapelt, die Flasche ergaben. Die andere Seite der Maschine braute eine Flüssigkeit, die dann automatisch in die Flaschen abgefüllt wurde, dann noch ein Etikett drauf und jeweils vier Flaschen wurden in einen Karton gepackt, der dann wiederum automatisch auf Paletten gepackt wurde, welche von Staplern schnell hintereinander weggefahren wurden. Der Schichtleiter sprach sie wieder an: „Nur die Aufkleber kontrollieren, das Haltbarkeitsdatum ist jeweils 25. März 3160 – alles verstanden." So ging das stundenlang und Henninghaus hatte langsam jedes Gefühl verloren. Der Aufkleber kam bekannt vor, es prangte groß die Aufschrift „FLY – bis 25. März 3160 haltbar". Als Andenken und als Beleg für das Gesehene wanderte flink eine Flasche in die Hosentasche von Kalle Kulander. Diese Tat war gesehen worden und hatte gegen die Sitten verstoßen. Der Schichtleiter holte eines der Hühner, die vermutlich als Oberaufseher fungierten. Jetzt war nur noch Flucht angesagt und der Galaktopol-Trupp erreichte unter Abgabe von Warnschüssen den Tunnelausgang, wo kleinere

Elektrofahrzeuge von Galaktopol herangebraust kamen und sie aufnahmen. Das Gedröhn der kyberanischen Panzermotoren hallte beim Anlassen durch die ganze Ebene und die Kyberaner setzten zur Verfolgung an. Ein Sperrfeuer aus den Galaktopol-Stellungen ließ die Panzer nicht durch, doch einige Kyberaner stiegen aus und flogen mit wilden Kampfschreien auf die Beobachtungsstände des Galaktopol-Stützpunktes zu. Plötzlich hatten diese Vogelwesen zwei Beobachter aus ihrer Kuhle gezogen und schleiften sie über den Acker. Silva zögerte keine Sekunde und schoss die Vögel wie auf dem Schießstand beim Basistraining ab. Erstaunlich war, dass diese nicht wie biologische Wesen aus Fleisch und Blut ihr Leben beendeten, sondern dass ihnen die Flügel und andere Körperteile einfach herunterfielen, als wären diese hühnerähnlichen Figuren Puppen aus Kunststoff oder Metall. Es trat eine kurze Gefechtspause ein, da die Panzer der Kyberaner noch nicht nah genug heran waren, um mit ihren Kanonen wirken zu können. Und die Galaktopol-Hundertschaft wartete nur noch auf den Abtransport per Hubschrauber. Es begann zu dämmern und die Hubschrauber landeten auf einer Lichtung, so dass die

Mannschaft ohne die Geräte an Bord gehen konnte. An Bord der BON VOYAGE sahen sich Silva und Henninghaus an: „Und, was war das, was sollte das bedeuten?" Es wurde durchgesagt, dass der Raumkreuzer noch nicht ins heimatliche Sonnensystem nach Ringstadt auf dem Saturnmond Titan zurückkehren sollte, sondern dass ein weiterer Einsatz und Auftrag geplant sei.

Begegnung mit der Raumflotte der Kyberaner

Die BON VOYAGE befand sich noch im Sonnensystem KOI-351, als mehrere Tankraumschiffe zusammen mit dem Außenminister der galaktischen Zentralregierung und dessen Delegation eintrafen. Der Außenminister sah etwas fremdartig aus, denn sein Körper bestand aus Nanoteilchen, die zu beliebigen Formen zusammengesetzt werden konnten. Allerdings enthielt dieser Fließkörper eine mobile Rechen- und Sendeanlage, die mit einem menschlichen Gehirn neurologisch verkoppelt war. Henninghaus, Silva und andere, die das Abenteuer auf dem Planeten Kolibri mitgemacht hatten, waren bereits im

Konferenzraum versammelt, als die Tür aufging und der Außenminister als meterlange Schlange hereinglitt und sich dann schnell als Krake neu konfigurierte. Jeder Arm zeigte ein Gesicht, welches jeden Teilnehmer persönlich freundlich lächelnd begrüßte. Mit einem Tentakel formte er einen freundlichen älteren Herrn und ließ diesen ans Rednerpult treten: „Meine Damen und Herren, vielen Dank für ihren Einsatz auf dem besetzten Planeten Kolibri. Ihre Mission dort hat der galaktischen Regierung wertvolle Informationen gebracht, so dass nunmehr eine weitere Aktion starten kann. Wir haben es mit einer außergalaktischen Spezies zu tun, die in der Lage ist, mit Hilfe von dreidimensionalen Materiedruckern beliebige Produkte und Werkstücke herzustellen. Diese Leute können beliebige künstliche Figuren herzustellen und dann mit ihrer Intelligenz und Persönlichkeit solche Roboterwesen steuern. So handelte es sich in der unterirdischen Anlage auf dem Planeten Kolibri um einen dieser dreidimensionalen Materiedrucker, der an einem Tag den Stoff FLY produziert und am nächsten Tag Automobile baut. Die heimische Basis dieser außergalaktischen Spezies befindet sich auf keinem Planeten, sondern besteht aus einer großen Anzahl riesiger Raumschiffe - dies ist nunmehr bekannt. Und nun zum Auftrag: Die BON VOYAGE wird in die Raumregion vorstoßen, wo sich die Raumflotte der Kyberaner befindet." Nach einigen Tagen Beschleunigung und dann wieder Abbremsung war man da. Durch die Teleskope sah man sie, schwarze quaderförmige Kästen mit einer Länge von hundert Kilometern, eine schier unendliche Anzahl. Das Team des Außenministers hatte Erfahrung mit Verhandlungen zwischen gegnerischen Raumflotten im Weltraum. Man projizierte eine riesige Holografie in den Weltraum und bildete dort den Konferenzraum der BON VOYAGE mit den Besatzungsmitgliedern, dem Außenminister und Peter Henninghaus ab. Dazu eine Begrüßungsschrift in Esperanto. Es dauerte nicht lange, dann hatten auch die Kyberaner ein Hologramm in den Weltraum gehängt. Es war zu sehen, dass sie wie in der Garderobe eines Operettenhauses nach der richtigen Verkörperung und der dazugehörigen Bekleidung suchten. Ein Baum mit Matrosenanzug erschien unpassend, schnell wurde eine andere Figur gedruckt, bis nach einigem Hin und Her die Delegation der

Kyberaner ihr Äußeres festgelegt hatte: Der zwischenzeitlich von seinem Abenteuer auf dem Planeten Kolibri zurückgekehrte KQH hatte sich eine synthetische Ratte ungefähr in der Größe eines Menschen ausdrucken lassen und ließ seine Intelligenz hineinströmen, ein anderer kam als Kleinwagen und der Kommandeur der Kyberaner kam als Mensch in Generalsuniform. Nach einigem Suchen hatten sie auch die Datei für Esperanto gefunden und eröffneten die Verhandlungen mit einer Begrüßung: „Wir freuen uns, dass die Delegation der Menschen uns die Galaxie Milchstraße zur Ernte übergeben will. Unsere Raumflotte hat ein logistisches Problem, die Vorräte sind zur Neige gegangen und wir, die Kyberaner, sind nun gekommen, das zu ernten, was wir vor tausenden von Jahren gesät haben. Wie ihr sicherlich bereits entdeckt habt, trennen wir Geist und Körper, man könnte auch von Software und Hardware sprechen – indem mit dreidimensionalen Materiedruckern beliebige Roboterwesen und sonstige materielle Dinge hergestellt werden können. Die Fabrikanlagen benötigen Grundstoffe, insbesondere biologische Substanzen." Nun ergriff Henninghaus das Wort: „Ihr wollt also von Planet zu Planet reisen und dort Menschen einsammeln, um sie dann in eure Maschinenanlagen zu schütten?" KQH setzte ein gewinnendes Lächeln auf: „Herr Henninghaus, wir hoffen, dass du Verständnis dafür hast, denn ursprünglich waren Menschen, Tiere und Pflanzen auf den Planeten ausgesetzt worden, damit sie sich vermehren und danach als Biomasse zur Verfügung stehen – wie gesagt, wir wollen nur abholen, was wir einst gesät haben und bitten die entsprechenden Weisungen zu geben." Damit waren die Menschen an Bord der BON VOYAGE nicht einverstanden: „Dazu gibt es ein klares Nein, wir werden niemanden ausliefern!" Jetzt wurde KQH etwas böse, da er Widerspruch eigentlich nicht erwartet hatte: „Wir werden dann mit einer riesigen Armada von Flugzeugen und Panzern kommen und uns das nehmen, was uns gehört!" So gingen die Verhandlungen hin und her – später ergriff der Außenminister das Wort: „Die Möglichkeit, alles sofort zu besetzen, hätten die Kyberaner doch gehabt und warum wolltet ihr zuerst alles mit eurem Giftstoff FLY unterwerfen? Ich will es sagen, weil dies für euch angenehmer ist als gegen die Menschen zu kämpfen." Der als Automobil verkleidete Kyberaner verzog seine Stoßstangen zu einem süffisanten Grinsen:

„Nun, ihr habt nicht völlig unrecht, doch unsere logistischen Probleme sind dringend, dass wohl kein anderer Weg als der Kampf bleiben wird." „Behaltet einfach das Sonnensystem KOI-351 erntet dort Kartoffeln und Rüben, produziert euer FLY und von allen anderen Planeten lasst einfach die Finger – ist das so okay?", meinte der Außenminister der Galaxie Milchstraße etwas lauter. Die Figur in Generalsuniform, der Kommandeur der Kyberaner, dachte an die Anstrengungen einer Invasion und willigte in den Vorschlag ein: „Wir werden unseren Engpass in der Versorgung anderswo überbrücken und möchten jetzt gerne auf die Anwesenheit ihrer Raumflotte in dieser Gegend verzichten." Endlich ging es zurück zum heimatlichen Sonnensystem mit Erde, Saturn und Ringstadt auf dem Saturnmond Titan.

In der Redaktion

Am Raumflughafen in Ringstadt wurden sie bereits von Monika Zarthold erwartet: „Bitte sofort zum DAILY SATURN kommen, in einigen Stunden ist Redaktionsschluss und der Artikel über die Invasion der Kyberaner soll noch rein. Im Verlag sammelten sich alle um

Monikas Bildschirm, denn diesmal sollte es ein Leitartikel auf der Titelseite sein:

DIE MENSCHHEIT BALLERT ZURÜCK

hätten Eure Reporterinnen Silva und Monika gerne voller Stolz geschrieben, doch unsere Regierung hat leider anders entschieden. Als eklige Außerirdische, welche sich Kyberaner nennen, unsere Galaxie Milchstraße überfielen und Galaktopol sich ihnen im Sonnensystem KOI-351 heldenhaft entgegenwarf, da hat die Regierung windige Verhandlungen angestrengt und es gab nur ein laues Friedensabkommen. Eure Silva Wittig und Monika Zarthold, Ringstadt, den 25. Februar im Jahre der Galaxie 3160.

Kaleidoskop des Lebens

Ging Gong öffnet sich dongend die Tür und unterbricht das zarte "La-La". Inkarnationen, der Pill-O-Dreh-Company ein Gräuel. Suleika, der Hebamme aus dem Zwischengeschoss, bedeuteten sie Überstunden, Weihnachtsgeld und Aufenthaltsgenehmigung. Großeinsatz! David auf der Säuglingsstation II mit klein Veronika an der Brust. Suleikas warme duftende Hand streicht seine Sorgen die Arme herunter und fort aus seinem Internet-Body. Die Life-Reporter von Black-TV formen mit ihren Händen begeisterte Regieanweisungen. Oberärztin Frau Dr. Petersen rollt den grollenden David zu irgendeinem rumpelnden Kellerfahrstuhl. Wie eine eigene Aura umgibt ihn noch Suleikas dichte duftende Süße. Dann hat die Straße ihn wieder.

Ein junges Mädchen profiliert sich, indem sie seine wirren Haare aus der Stirn streicht. Zwei bunte Großregenschirme umschließen ihn, doch der Genuss kann ihn nach den Krämpfen erster Vaterschaft erst in Stunden einholen. Eine schwarze Zwangsjacken-Ambulanz stoppt quietschend. Nach heulender Blaulichtfahrt liegt er mit strampelnden Beinen in der wattierten Beruhigungszelle des städtischen Klinikums. Statt Wärter nur noch Video-Überwachung, in die sich Black-TV eingecheckt hatte. "Du wirst mit Monero und seinen Engeln an der Tafel sitzen und ich werde deine ewige kosmische Dienerin sein!" Sie schlingt eine goldene Papierschlange um seinen bebenden gefesselten Körper. Ihr starker Pädagoginnen-Wille drang erobernd in seinen Geist und generierte einen noch nie so gekannten Zwischenzustand. Die kassenmäßige Unterversicherung riss ihn aus allen absurden Träumereien. "Wer soll uns ihr Bettchen bezahlen - die Wohlfahrt oder was? - Sofort Entlassung!"

Morgen früh wieder Frühschicht in der Autofabrik mit Akkord und Schweißvorrichtungen. "David Pias, I love you so much! Connection nur zu dir, unser Superlativ der Nähe. Sabine liebt nur dich, du weißt es ganz tief in deinem Inneren. Bin im Callcenter, hol mich ab, lass uns auf der Folie der Liebe disputieren, du bist der Suchtstoff, an dem dein Bienchen so hängt! Tastend durchkämpft er den Nebel seiner Gegenwart. Wie in Trance flüstert er zu Joe, dass sie es wieder sei. "Finger in' Mors", lacht Marios Autofabrikstimme aus der Telefon-Strippe. "Morgen nix Yellow-Card, morgen Maloche, Rabotti, avanti, avanti!". Davids innere Optik gleicht einem Puzzle-Spiel. Abziehbild oder Variable sein und permanent selber die Welt, diese Scheiße-Welt, auf dem Buckel tragen. Harry hatte es auch getroffen. Aus dem Kontext ausgeschlossen, draußen vor dem Stadttor, lauerten sie in der schmierigen Werkhalle auf das Sirenensignal. Und dann Start: "Finger in' Mors". Mario knallte seine Pranke auf "EIN". Schweiß-Vorrichtungen,

Scheiß-Vorrichtungen. Träumen wollen wir alle gerne, jede hängt an einer Strippe und hat kleine unwichtige Bedeutungen: "Die zu starke Vibration des Kabelbaumes soll durch eine Zwischenschlaufe, an einen aufgeschweißten Schraubbolzen genoppt, gedämpft werden." Vorrichtung 07 winklig anschmiegen, durch Magnet- und Klemmhebel arretieren, Scheißpistole ansetzen: Der Funkenregen generiert einen Gewindebolzen. Ihre weiche Hand am Nacken reißt ihn aus seinem "und dann wird wieder in die Hände gespuckt, wir schaffen das Bruttosozialprodukt"-Rhythmus. Arabella, der langbeinige AV-Engel, ist heute im äußeren Kreis der Zeitstudien-Projekteure tätig. "Wir prüfen bei einigen Werkern die Anspannung des Muskeltonusses in Abhängigkeit von der Bewegungsdynamik, verstehst du?" "Nein, nein, ich kapier nur immer Bahnhof." "Es geht darum, ob eine mehr schlenkernde Dynamik im Bewegungsablauf optimaler als eine kraftvoll pressende sei." Er möge sich gar nicht um sie kümmern, Arabella wäre einfach nur da. Wirre Gedanken rasen durch Davids Kopf, während er sich unter die Karosse wirft, weil Gewindebolzen 27 den Gummipuffer schnappen soll. Mit gespreizten Fingern prüfte sie leicht zwickend seine Bizeps. Sie waren auch nur Menschen, nur biologische Wesen. Scheppernd knallte Harrys Scheibeneinsetz-Roboter die RS-Scheibe immer wieder gegen den Pfeiler. Wer hatte das verbrochen, man kann keine RS-Scheibe zwischen die L-, LL-, XX-, und XXL-Scheiben legen, wenn es mit Automaticus 13 keine Vertragsvereinbarung dazu gab. "Am Abend sind wir völlig down und zu kaputt für Schnaps und Frauen...", läßt Mario zum Schichtende noch einmal aus den Lautsprechern dröhnen.

Wer Schlaf abschreiben muss, sieht weiße Mäuse in Rudeln Wände hoch sprinten. Harry und David im Strom der wirren bunten lauten rackernden unerholten Eindrücke. In der abgeschabten Kneipe trinken sie Holsten aus der Buddel. Lonely Dave und Harry. Sabine muss zu ihrer UFO-Gang, Jutta, tanzt immer noch zu "Nun wird wieder in die Hände gespuckt" hinter der Bar vor dem Flaschenregal. Arabella und Mario suchen dessen Bambinos in der Live-Umgebung der Plattensiedlung. Harry zieht den weißen Umschlag der Lohnbuchhaltung aus der Jacke. "Nur noch Bares!" Der Macker vor der Peepshow nimmt sie gefangen, sperrt sie zu Ulrike in die Kabine. "Ich will bei Euch zusehen", schwärmt sie. Ulrikes Sklaven sollen sie sein und sich in ihr Erziehungsschicksal fügen. "Ausziehen!!", kam das Kommando. Verschämt standen zwei deutsche Arbeiter mit Unterwäsche in der Peepshowlandschaft. Wie bei Frau Doktor vor der Depotspritze war da noch Peinlichkeit und Scham. Gnade war Ulrike fremd. Nur aus irgendeinem Mauseloch tönte die Piepsstimme: "Tut bloß, was die Alte Euch sagt, die macht Baller-Baller!" Mit roten schamüberströmten Gesichtern gestalteten sie für einen Geschäftsmann mit seinen schlitzäugigen Großkunden die Gayshow. Verneigend applaudiert dieses Publikum: „Schöne Kölpel!" Dave musste noch mit diesem Geldhalunken ins Separee'. "Mensch, Ihr wart geil", lobt der Türmacker und gibt die Kohle retour. Ulrike will ihr neues Kabinett erproben. Fabrikarbeit oder kopfüber in Ketten hängen - mit den beiden, kann man es ja machen. "Dave, was alberst du da permanent?" Er hätte irgendeinen Flash, dass er beim Kaiser Barbarossa der Hofnarr wäre und murmelt aus seinen herabhängenden Backen "Der Witz war 'ne Eins, so'n guten Joke hab' ich never made!" Jetzt wollen die Peepshow-Insassen von den Kopfüber-Nackedeis Brüllwitze hören. Dave

shakert sich vor Lachen wie Ringelschlange.
"Wir waren im Labor von 'ner Zigarettenfirma.
Die konnten sich auf Knopfdruck online
Zigaretten kommen lassen. Dann hat die
Laborantin die Aktive gequalmt: G-a-n-z l-a-n-
g-s-a-m prüfen. Danach waren wir zwei Beide
in einer Kondomfabrik, dort im Labor konnte
sich eine Tussi son' feuchten Ring per
Rohrpost kommen lassen: G-A-N-Z L-A-N-G-
S-A-M prüfen!" Die Kabinenmeute grölt und
fordert die Peitsche. Genug, sie fliegen raus,
ihre Straßenanzüge folgten höschenweise.

Survivel und Adventure, die City bietet alles.
Mit Strohhüten und vertauschten Schuhen
versuchen sie Abstand zu gewinnen und
hängen rote Lampions vor den Palast und die
flink-smarten Manager aus Tokio haben sich
als macaoanische Chinesen kostümiert und
lassen ihre Töchter Zimbeln schlagen. Der für
das Profitcentrum Europa-Atlantik zuständige
Sha Hu Khan offeriert Salzfiguren als
Kleinkunstwerke. Ulrike wird Geisha und malt
Schriftzeichen: Das schwarze Haar siegend
und auch schweigend ist die Rose der
Erledigungen. Falun Ghong AktivistInnen
mahnen Ulrike mit dem Zeigefinger: Freiheit,
Gleichheit, Brüderlichkeit. Alle probieren die
implosive Starre. Der City-Hynotiseur presst

den käuflichen Bastelzeigefinger auf die Lippen. Doch Schwarzfrauen mit Tellerlippen stören frech das Superschweigen und ziehen sie zu einer Asylantenparty. Der Chef der Ausländerbehörde, ein 100 Megaherz Intellinside-Server, wummert Techno-Rhythmen und die Tellerlipperinnen kitzeln dem Duo Dave-Harry das Kinn. Ulrike futtert mit dem Esslöffel "magic-mushrooms" und kontrolliert das Toilettenrohr. Sinnvoll wird es, geradezu sinnvoll eskalierend. Jutta räumt die Postbox auf: Grußkarte, Rechnung, Reklame und der Supermarkt hat ihr Dispokärtchen auf Euro 20000,- aufgestockt. Auf dem Rückweg vom Luxuseinkauf für die Kneipe riskiert sie, wie oft, einen kleinen Umweg. Ulrike lässt sich Juttas dicke Kellner-Großbörse geben und zählt umständlich das Geldbündel. So jetzt gibt es bei euch keine Schulden mehr. Können wir uns nach der Arbeit noch in die Augen sehen? Weißt du, mit der Karre, die wir zusammenbauen, kann auch Mist passieren. C'est la vie.

Von hinten und von vorne in blauen Designer-Uniformen. Verhör im gläsernen Revier. Ulrike soll von Aldi die 1€ Bierwurst in ihren Slip gelegt haben. Die Psycho-Fahndungs-Software spinnt. Joe ballert in den Rechner und draußen blinkt gelb die Rundum des japanischen Service-Kreuzers. Nach fünf Minuten funkelt nagelneu der Ersatzrechner. Harry schnuppert und schimpft über die abgefeimten Kriminalen. Die Service-Asiaten sind 4Takt-Robots. Plötzlich liegt die Bierwurst auf dem Mouse-Pad. Ulrike hatte sie sich aus dem Schlüpfer gezogen und hinter die Büropalme gelegt. Aus dem Nebenraum strömen Beobachter mit der Petz-Nachricht "Die Frau hat...". Eine Zeugenvernehmung von David scheitert, er will sich nur noch in den Hintern beißen. Ulrike muss wegen der Nachtzeit die Bierwurst bei Aldi in den Briefschlitz werfen.

Es regnet. Harry kramt aus seinem Musterkoffer 2 Faltregenschirme hervor und streichelt sie wohlwollend beim Öffnen. Strukturvertrieb weckt Kauflust und Objektbegierde. Schöne prall gespannte Schirme. In Juttas Kneipe stehen Stammgäste im tiefgelegenen Eingang mit ihren "Dunkelbräu"-Flaschen und mustern den Trupp um Ulrike herum. Keiner ahnt wie schonungslos das Leben für unsere Protagonisten ist. Soll es von der wissenden Jutta verschwiegen werden? Schonungslose Realität, ein Hauch davon! Harry hatte vor Monaten sein Autogramm gegeben, weil Chefs gefordert wurden und solch ein Förderlehrgang auch sein Leben strukturiert hätte. Sie suchten ihn: Im Krankenhaus, auf der Arbeit ..., dann fanden sie ihn zusammen mit David und Ulrike bei dem Stadtbummel nach der besagten Nacht. Vier nebeneinander, mit Schultern, Koppel und Colt: "Sind Sie Herr Harry Deutschmann?" "Yes, Sir!" Der Cheflehrgang ist hinter dem Metallgitterzaun angetreten und Harry wird mit Aktenkoffer und tropenmäßig kostümiert dazugestellt. Der Commander gibt den zentralen Tipp: "Wenn hier jemand kommandiert 'Auf die Uni-Marsch weg! Mog! Mog!', dann werde ich ihn einen Witzbold schimpfen. Herr Harry Deutschmann, lassen Sie den Lehrgang in die Transall zum ersten Absprung wegtreten." Harrys Brustkorb wölbt sich: "Lehrgang, still! In die Trans-Marsch-Marsch weg! All! All!" Der Rest ist sauber gelaufen. Sauber, ganze Arbeit. Die Kappe rutscht unter Harrys Hose nach hinten durch und er trennt sich zweifach klickend von ihr. Im Reserveschirm-Behälter war nur wie im Kniegepäck die Getränkereserve des Lehrgangs. Nur im Aktenkoffer lagen die beiden Faltbaren parat. Zack, Landung mit Regenschirmen im Ex-Platz-Tümpel. Nass, wankend, bestand Harry darauf, er möchte sich mit seinen Kameraden nicht im selben Duschraum abseifen, weil man seine Religionszugehörigkeit dann einsehen könne. Abgelehnt, der Commander steht nicht auf individuelle Tätowierungen. Plötzlich Rottweiler-Gebell und Harry über den Zaun. Escaping in Preventing from. Ulrike will es nicht glauben, er hatte die Kriegskasse der Inspektion geklaut. Schiebung will gelernt sein.

David sagt in der Autofabrik ab und Ulrike im Call-Center. Träume von Freiheit und Strand und Meer. "Alles, für garnichts und das sofort!", gröhlt die Anti-Raketen-Demo wankend, trunken voller Hunger. Dave schmeißt ihnen drei Dosen "Rufus-Futter" von Aldi hin. Sie verdünnen Muskelfleisch und Pansen mit Lübzer-Pilz, schlürfen die Fleischbrühe. Ulrike sinniert über "Modern-Sponsoring". Plötzlich gellt Harrys gepresster Schmerz- und Stöhnlaut über den Rathausplatz. Das Monstrum ließ den Knüppel am Quergriff kreisen, knallte ihn auf Harrys Schulter als wären sie zu Übungsstunden im Polente-Dojo. Dann hob der Schrank scherzend sein Schild, um einen imaginären Taek-Konter von Harry abzufangen. "Mann, das kann nicht wahr sein, Harry!" Der

Konstabler hebt sein Funk-Sprech-Gruppe und gibt dem Wachen-Chef das Urlaubsgesuch durch: "Meister, hab'n Talk mit Harry, unserm Harry." Irgendwie kam es krächzend aus der Revierwache der West-Stadt zurück: "Versau das nicht!" Dave schlägt die Einkehr bei Jutta vor. Harry stellt seinen Freund vom 27. Revier vor: "Leute, das ist Bernd, mein alter Kumpel aus dem Sparklub 'Teurer Euro'." Shake-Hands ohne Zeitverlust. Jutta serviert ein Tablett 0,5 Gläser. Dave ordert für jeden zusätzlich einen doppelstöckigen Oldesloer. "Bernd, was los?", bemerkt Ulrike Anspannung und Müdigkeit beim Berechtigten für Ortszuschläge. "Ich sag' euch paar Takte, danach gibt's 'nen paar auf die Fresse oder nicht!" Die Grund-Rente für jeden Bürger des herrlichen Gemeinwesens BRD hätte zu einem Unsagbar-Chaos geführt. Seine Berufssparte solle diese Sozialpolitik bis zum Wutanfall ausbaden. Die Italos aus Napel, die Palis, selbst die sonst verlässlichen Jungs aus Tirana und Iflis hätten hingeschmissen. Kassieren jetzt Rente und haben einen Nebenjob beim Finanzamt eintragen lassen. Die Junkies drücken deshalb nur noch Luft durch die Spritzen, drehn durch. Kann doch nicht den ganzen Tag auf Demos knüppeln und nebenbei noch einen Dealerring managen. "Ist dein Job Dave! Du baust mit Harry 'nen Ring auf, läßt dich von Mario in die Connections einweisen. Harry kennt das Handling schon. Wird viel Arbeit." Ulrike umarmt Bernd lachend "Oh, Bernd, du bist so cool." Jutta holt die antike Wasserpfeife vom Speicher. Dave steigt sofort voll ein und gründet die "Dave & Harry Import Lmtd". Bernd macht Winke-Winke. Harry weist die neue Gang ein: "Ist so, als wenn man mit Petersilie handelt. Nie was selbst tun, machen alles die Junks." Shit Shit. Ulrike sieht Dave plötzlich mit Nasenohren und Rauchwolken in den Hosenbeinen. Dave setzt die Realitäts-Debatte aus seiner Loge am Stammtisch der "Treuen Eiche" fort. Auch Schwarze-Löcher am Rande der Singularität mischen sich in die Schwaden. Ulrike wird von irgendeinem Lachkrampf geschüttelt. Wie bei "mit siebzehn hat man noch Träume" schiebt sich Daves Hand unter Ulrikes Arm: "Schatzi, mach's du uns noch was?" Das ewige Ritual, die Herren besoffen und Ulrike kocht Kaffee. "Eventuell auch die Packung Nudeln, Muschi", tönt nun auch Bernd, der in seinem Müll nur Sahneschnitten gefunden hatte, die er nun doch gegen Spaghetti-Napoli oder wenigstens Nasi-Gorengh tauschen will. Der Küchentisch ist besetzt. Juttas Goldhamster bohnert schon wieder das Tischtuch und verwickelt Ulrike sofort in den wohl berühmtesten Dialog des Jahres 04: "Scheiß Saubermachen!" "Kannst wohl sagen." "Krümel bitte nicht so mit dem Kaffeemehl." "Muss dieser Gestank von Bohnerwachs eigentlich sein? Stinkt wie bei Hermann Hesse im Treppenhaus." "Sauberkeit hat seinen Preis." "Hast du deine Pfötchen geputzt?" Ulrike schubst Hamsterbacke vom Tisch: "Mach' dein Laufrad-Jogging! Du Luder wirst zu fett!" "Keuch, stöhn, puh, tack, tack, ..." Ulrike pustet kühl und wickelt ein Tempo um den Hamster-Hintern. Hamsterbacke sieht aus wie Jungnickel mit Pampers. "Alles heiße Luft da hinten, zieh' mich zurück und melde mich sportbefreit." Ohne Kulissen-Wechsel: Der eine geht, der andere kommt. Die Lokaltür schwingt auf, im Rahmen steht der Baddy und gröhlt seinen Kontext: "Geld, es geht hier ums Geld!" Harry errötet und schiebt verschämt die Kriegs-Kasse des Bataillons über den Tisch. "Sorry, ist leer, ich ...weiss nicht, wo es so schnell geblieben ist." Der Baddy beginnt zu weinen: "Geld, Geld, es wäre zu verschmerzen, aber er hat die Flasche MariaCrown mitgehen lassen." "Aber MariaCrown im Tresor?", rätselt Ulrike.

"Wegen den Verhandlungen mit den Parlamentären" Er würde Verhandlungen mit den Parlamentariern meinen, berichtigt nun Jutta. Buddy von Fleckenstein wischt den Thresen leer und packt seinen Aktenkoffer, "Riesig, Verschließbar", auf die Platte. "Harry hat seine Pflichten und seine Unterschriften vergessen." Harry muss aussondern: "Tank No. 47 ist Schrott, Tank No. 96 ist Schrott, Tank No. 500 ist Schrott ..." Harry protestiert und erinnert daran, dass die alle noch wie eine "Eins" liefen als er die Schwalbe gemacht hatte. "Sind alle abgesoffen!", berichtet der Baddy und Bernd bringt das Historische wieder in Ordnung: "Ihr seid mit euren Tanks, um den Brückenkopf zu nehmen, die Rheinstraße runtergedonnert. Am gegenüberliegenden Rheinufer hat 'ne nackte Frau gelegen und du höchstpersönlich hast den Befehl zum schwimmenden Übersetzen gegeben. Nun, du kennst das Lied von der Glocke? Blub, blub, weg waren sie!" Harry schreibt ein Autogramm nach dem anderen. "Wohin kommt der Schrott?" "Seit Herr Laden auch einen Schrotthandel hat, läuft das alles wieder normal" "Zehntausend Schlafsäcke?" Re-Import-Ware! Der Imbiss füllt sich mit einigen Japanern, die sich von Jutta grünen

Tee servieren lassen. Allseitige Verbeugungen bestätigen gute Geschäfte. Harry schwört nocheinmal, wie oft eigentlich noch, persönliche Treue und der Morgen dämmert. "Wir sind jung, die Welt ist offen", singt eine vorbeiziehende Jugend-Musikschule. Alle gehen auseinander, selbst Dave, Harry und Ulrike müssen raus, weil die Putzfrauen kommen.

"Foto von mir. Sogar mit Autogramm!" Ulrike sieht überrascht zu dem strahlend gebräunten Schönling mit Namenschild an der Brust auf, der ihr den Prospekt mit seinem Konterfei in den Schoß legt. "Solemio Fergusson, Wahlkandidat der Progressiven? Ich glaub' mein Muli pfeift!" "Leute, ihr seid engagiert für Solemios neues Helferteam." Sie marschieren, um die Arbeitsverträge abzuholen, ins Rathaus. Der Büroleiter von Solemio, ein Pampashase, verstreut alle möglichen Dokumente auf dem Teppich, bis er die Vertragsformulare gefunden hat. Vor- und Zunahme. Harry kriegt "Eine geknallt" als er versehentlich beim Datum unterschreibt. Dann locht das Monster mit seinen Lückenzähnen und legt die Verträge im Personalordner ab. Solemio erläutert das Wahlkonzept: "Wir versprechen jedem das, was er erwartet!" Der örtliche Schäferhund-Verein stellt sich mit riesigen Solemio-Plakaten vor dem Büro auf und Solemio schreit unter tosendem Beifall: "Auch ich bin ein WauWau!" "Zahltag!" Gewinner und ihre Helfershelfer denken an Rimini und Mädchen. Träume, denen sie nähergekommen sind und die am Anfang standen. Chefclerk Bunny zieht die Stirn kraus und läßt die Ohren schlapp hängen. "Gut, die Kasse wird gesperrt! Wir machen eine Bareinzahlungs-Runde nach Harlem-Muster." Die wartenden Steuerschuldner stellen sich im Treppenhaus vor die abwärts führende Wendeltreppe. Ulrike gibt Erläuterungen: "Eure Quittungen hab' ich hier! Jeder steckt soviel Geld wie möglich in die rechte Tasche und bekommt dann bei ausreichender Deckung die Quittung in die linke Tasche!" Der erste Steuerschuldner steigt herab - Dave im abgeschirmten Bereich hinterher. Arm um den Hals und Geldentnahme - Klarmeldung zu Harry - Harry steckt eine Quittung in die andere Tasche. Der Pförtner grüßt die steuerzahlenden Emporkömmlinge jovial: "Na, war's schlimm? Neue Zeit, neue Methoden." Bunny hängt puterrot am Telefon, um weitere Steuerschuldner zwecks endlicher Zahlung ins Amt zu befehlen. Geld wie Heu. Ulrike will investieren - eine Internet-Enzyklopädie zeigt ein "For Sale"-Schild. Personaleinsparung und Kostenreduzierung sollen das alte versifte Schiff wieder flott machen. Das Sysop-Personal tritt an und Ulrike hält die Weihnachtsansprache, wonach sie Disziplin und absoluten Gehorsam verlangen würde. "Ich zähle jetzt ab - jeder zweite Angestellte fliegt! Eins - raus! - zwei - raus! - drei - raus!" Geknickt schleichen die Wirtschafts-Ingenieure von dannen, einer Zukunft am Rande der Mülltonnen entgegen. Dumm aber angepaßt wird verlangt: "Hier die Arbeitsverträge - viel zu gut bezahlt für solch unqualifizierte Bildungsabbrecher. Jeder holt seinen Arbeitsvertrag auf den Knien ab - Wenn nicht, dann 1-Euro-Job als Katzenstreichler!" Dave und Harry gröhlen sich krümmend an. "Laßt uns doch ein Wettrennen machen! Wendeltreppe aufwärts, auf den Knien!" Jetzt gibt es gute Ratschläge für die Kurvenlage beim Aufwärtskriechen. Der Hamster macht dicke Backen mit seinem Bohnerbesen - die Treppe ist sauber!

Soviel du brauchst

Semester-Anfang - wie in einem Zeitstrom treibend, lief das Studenten-Leben und die weit geöffnete Drehtür des Mathematik-Neubaus beförderte Studenten-Massen in die Eingangshalle. Es war eine frische, clevere Generation, welche heute am ersten Tag des neuen Semesters damit beschäftigt war, ihre Studien - auch per Uni-Hotspot und Tablet-PC – zu organisieren. Riesige Anzeigetafeln lotsten zu den Lehrveranstaltungen und es gab jedes Mal ein Glockensignal, wenn in einem Hörsaal die Vorlesung starten sollte. Tatsächlich - die Vorlesung der Theologie-Studenten Uschi, Svenja und Karsten war angezeigt: "Mathematik für Theologen, Prof. Dr. Kappasius, 09:15, Hörsaal Q, Thema: Soviel du brauchst (Exodus 16, 18)". Der Architekt hatte sich Mühe gegeben und die Studenten brauchten einfach nur auf die Rolltreppe zu springen und wurden spiralförmig immer höher bis zu einem großen "Q" getragen - abspringen - und man war im Hörsaal, der für die Vorlesung hergerichtet wurde. Assistenten wischten die Schiebe-Tafeln und rieben sie mit Lappen trocken, der Beamer wurde an den Laptop angeschlossen und das Präsentationsprogramm für die Vorlesung „Soviel du brauchst" geladen. Wie zu alten Zeiten gab es noch einen Overheadprojektor für die schnelle Folie zwischendurch. Professor Kappasius stellte sich kurz vor und das Auditorium fand es höchst interessant, dass auch er Theologie studiert hätte, dann aber vom Glauben abgekommen wäre. "Oh, wie schade", schallte es von den Rängen des Auditoriums und Uschi ließ sogar ihr Strickzeug sinken und guckte nach dieser Beichte traurig nach vorne. Doch sein Lebenslauf ging weiter, denn im Anschluss an die Theologie hatte Professor Kappasius in der Mathematik einen neuen Lebensinhalt gefunden und würde diese Vorlesung bereits zum dritten Mal halten, so dass die Zuhörer das Vorlesungs-Skript auch als Buch kaufen könnten. Dann hätte es in seiner Biografie allerdings wiederum einen Wendepunkt gegeben, denn die Annäherung an die Unendlichkeit im Kleinen wie im Großen ließ ihn zurück zum Glauben finden. "Hallelujah" hallte es nun und die Augen der Zuhörer bekamen wieder mehr Glanz. „Das war mein Leben und nun zum Thema". Inhaltlich würde aus dem Mathematik-Unterricht der Allgemeinbildenden Schulen vermutlich noch bekannt sein, dass der Titel dieser Vorlesung „Soviel du brauchst" auf eine Ordnungsrelation hinweist - die durch die Schranken "Größer als" und "Kleiner als" definiert wird. Mathematiker sind sehr genau, es stellte sich bei der Schriftauslegung dieser Bibelstelle aus dem Buch Exodus die Frage, welches die Elemente solcher von Menschen benötigten Mengen sein könnten? Wenn jemand viel braucht, wird er doch ein Behältnis mit mehr Dingen füllen, als ein anderer, der wenig benötigt. So könnte eine Menge benutzt werden, welche Teilmengen mit aufsteigenden Mächtigkeiten enthielte, wobei diese Mächtigkeiten dann die Menge der Natürlichen Zahlen umfassen würden und somit als Folge 0;1;2 ... bis n sich vergrößern sollten. Wenn man so wollte, könnte n unendlich groß werden. „Abschließend zur heutigen Vorlesung, möchte ich ihnen gestehen, dass ich bei der Vertiefung in mathematische Fragestellungen mehr und mehr zu der Ansicht gelangt bin, dass man das Unendliche und die Null dem lieben Gott überlassen solle", zog der Redner sein Fazit und klappte das Skript zu. Etwas Gemurmel entstand und Karsten wagte als Wortmeldung noch ein Statement, dass es mit der Null doch einfach sei, denn wenn nichts da wäre, wäre nichts da. Ein kurzer Hinweis von Professor Kappasius auf die "Speisung der Fünftausend" und die Erfahrungen der Söhne und Töchter Israels in der Wüste, wo es keine Nahrung gab und doch plötzlich der Boden mit essbarem Manna bedeckt gefunden wurde, würde doch zu bedenken geben, dass es mit der Null doch etwas voreilige Menschenweisheit wäre. Manchmal hätten Studenten in Übungen mit den Tutoren das Spiel gespielt, sich der Null anzunähern - was dann mit der Erfahrung geendet hätte, dass es auf jede Zehnerpotenz mit negativem Exponenten noch eine kleinere geben würde - und wer gerne Nullen schriebe, der könne erproben, bis zu welchem kleinstmöglichen positiven Dezimalbruch er denn schriftlich kommen würde. Nur - bis zur Null, ist keiner gekommen. Dieses Dilemma sei ihnen mit auf den Weg gegeben. Er knallte sein Skript ein zweites Mal zu und Svenja rollte ihren Pullover mit den Stricknadeln zusammen. Die Abwärtsrolltreppe befand sich auf der anderen Seite des Hörsaals und die Techniker hatten abwärts wohl etwas mehr Tempo gegeben und schon waren Uschi, Svenja und Karsten im Tiefparterre. Wie sollte der angebrochene Tag fortgesetzt werden.

„Erledigen wir ein Problem nach dem anderen. Tun wir etwas gegen unseren Hunger, es muss hier doch eine Kneipe oder Cafeteria geben", nahm Uschi die Sache in die Hand. Die Blicke der drei wanderten auf der Suche nach einer Cafeteria an den Hinweistafeln entlang – das ergab einen Satz mit X - nur Hörsäle, Bibliotheken und Seminarräume. Dann wurde Uschi doch fündig und stupste ihre beiden Kommilitonen an und wies auf einen Eingang, über welchem ein Schild mit dem Schriftzug "Historische Kantine" hing. Das war nicht die Mensa und auch keine Cafeteria, sondern irgendwas von früher - vielleicht vor fünfzig Jahren - so ungefähr 1970. Alles verqualmt und mit Bratwurstpappen zugemüllt – dazu gab es Flyer und Flugblätter vom Fachschaftsrat – dazwischen saßen Studentengruppen mit Stapeln von Skripten zur letzten Vorbereitung auf die Klausur, um endlich das Scheinkriterium zu erfüllen: Beweise von vorne und hinten und wenn sie sich treffen, dann ist wieder eine mathematische Wahrheit entstanden. Am Tresen, hinter einer riesigen Plexiglashaube über den Buletten von vorgestern, stand die Kantinen-Wirtin als wären fünfzig Jahre Uni-Leben einfach stehen geblieben. Uschi bestellte ein Käsebrötchen mit Orangensaft, Svenja nur eine Tafel Marzipanschokolade und Karsten wollte sich wieder durch Lustigkeit profilieren und bestellte einen "kleinen Scheffel" Manna. Die ältere Tresenbedienung war Uhrgestein des Instituts und nicht nur von den Studenten, sondern auch von ihren eigenen Söhnen und Töchtern vieles gewohnt, so wies sie darauf hin, dass die Maßeinheit Scheffel in der heutigen Zeit unüblich sei und die Frucht Manna heute ausverkauft wäre - was es denn ersatzweise sein solle. Karsten bestellte nunmehr zwei Buletten mit einer Extraportion Senf und ein kleines Bier. Endlich konnte die Besprechung des weiteren Tagesablaufes beginnen. Karsten meldete mit vollem Mund und Senf an den Lippen den Besuch eines Computer-Shops an, da er bezüglich neuer Software für seinen Tablet-PC zum Computer-Warenhaus müsse, Svenja wollte bei einem Antiquitäten-Händler eine hölzerne Christusfigur für die Wohnküche der WG kaufen und Uschi hatte keine eigenen Ziele und hatte vor, die anderen bei den Einkäufen nur etwas zu begleiten. Die Stadt war in diesem Herbst ziemlich betriebsam und Touristen sollten in eine interessante Metropole mit vielen Veranstaltungen, modernen Verkehrssystemen und einer vorzüglichen Gastronomie gelockt werden. Der Fluss konnte mit Tauchbooten durchquert werden und auf den Straßen bewegten sich führerlose Fahrsysteme. In ein solches Automobil mit Dach aber ohne Verglasung wagten sich die Drei und fühlten sich von den beweglichen optischen Sensoren etwas beobachtet. Doch die Bedienungs-Tastatur, ähnlich wie auf dem Bahnklo, verlangte nach einer Ortsangabe und Karsten gab die Adresse von seinem Computergeschäft ein und grübelte darüber, ob er auf „Schwarm" oder „Single" drücken solle. Uschi belehrte, dass man bei Wahl der Option „Schwarm" mit zehn führerlosen Automobilen gemeinschaftlich dasselbe Ziel ansteuern könne - wie bei einem Vogelschwarm. Karsten wählte „Single" und das Mobil fädelte sich langsam in den Stadtverkehr ein - ziemlich vorsichtig im Schritttempo ging es voran und unter den wachsamen Blicken der ringsum verteilten Webcams wurden alle Hindernisse umrundet und auch vor Ampeln und am Zebrastreifen gehalten. Das Mobil lieferte die Studentengruppe direkt beim Computer-Shop ab. Karsten war in seinem Element und der Verkäufer auch, denn es gab neue Programme und Anwendungen fürs Handy und für Tablet-PCs, nämlich die Steuerung einer programmierbaren Tapete, durch die das häusliche Design an den Wänden per Auswahlmenü von den Bewohnern täglich neu gestaltet werden konnte. Es war so möglich, auf einer Klebefolie mit Hilfe eines mobilen Rechners eine Vielzahl von Bildern darzustellen. Uschi musste sich setzen, das wollte nicht in ihren Kopf, man hat eine flexible Folie als Tapete, die man sich an die Wände, auf den Tisch oder in einen Schrank klebt und die Muster und Bilder soll man dann frei per Mobiltelefon oder Tablet-Computer programmieren. Die Vorteile solcher Tapete hatten Karsten überzeugt und lachend wandte er sich an seine Kommilitonin Svenja: "Siehst du, deine hölzerne Christusfigur brauchen wir jetzt auch nicht mehr, das wird einfach ein Klick aufs Menü und wir haben das tollste Bild der Welt an der Wand". Etwas traurig mischte sich der Verkäufer ein und informierte, dass ein auferstandener Jesus im Holzdesign als Anwendung leider noch nicht zur Verfügung stünde. Karsten murmelte etwas, dass er solche Bilder programmieren und an den Shop verkaufen könnte. Aber der Verkäufer machte wenig Hoffnung, denn das

Kopieren und Einfügen hätten schon andere erfolglos probiert. Jetzt war Svenja aber auf dem Sprung und lotste ihre Freunde zum Antiquitäten-Shop. Etwas versteckt in der Ecke erkannte sie die Holzfigur des auferstandenen Jesus – gesehen, gekauft und ab ins Studenten-Quartier. Wenig später waren die drei angehenden Theologen in der Wohnküche ihrer WG und in der Ecke schmückten Uschi und Svenja einen kleinen Altar mit ihrem Jesus drauf, während Karsten per Tauchsieder das Wasser für den Tee bereitete, weil der E-Herd noch auf Anschluss durch den Hausverwalter wartete. Selbst Karsten fiel der Verzicht auf die Bildschirm-Tapete leicht: "Mehr brauchen wir nicht!"

Anmerkungen

(1) Diese Sciencefiction-Geschichte „Galaktopol: Fly – Der neue Stoff" stellt die achte Episode der Galaktopol-Serie dar. Die ersten sieben Episoden sind in der Anthologie „Eine abgedrehte Schiebung am Rande der Galaxie" abgedruckt. Die Geschichte ist bis auf die nachfolgend beschriebene Rahmen-handlung völlig unabhängig von den

vorhergegangenen Episoden. Alle Geschehnisse, Personen und Orte sind frei erfunden. Es werden die Erlebnisse der Zeitungsreporterin Silva Wittig im Jahre 3160 geschildert. Sie schreibt Reportagen über Einsätze von Galaktopol, welches die oberste Polizeibehörde der Milchstraße ist. Oftmals begleitet sie Polizei-Oberst Peter Henninghaus bei dessen Ermittlungen oder lässt sich von ihrer Kollegin Monika Zarthold bei Abfassung der gemeinsamen Kolumne helfen. Die Menschheit hat sich über die gesamte Galaxie „Milchstraße" ausgebreitet. Die Entfernungen sind dadurch überbrückbar, dass Flugkörper zwischendurch aufgetankt werden. Tankschiffe verkehren auf festgelegten Geschwindigkeitsstufen zwischen den Sonnensystemen. So können Reisen mit hoher Geschwindigkeit vorgenommen werden, wobei die Beschleunigungen der Flugkörper den Passagieren nichts anhaben können, da die Fahrgastkabinen über Gravitationskopplung verfügen, d.h. per Gravitation wird jedes Molekül biologischer Körper gleichzeitig beschleunigt, so dass keine Verzerrungen auftreten können. Die Kommunikation geschieht unter Ausnutzung des beschriebenen Tank- und Streckennetzes mit Hilfe von Nachrichtenraketen.